EL DUENDE VERDE

ANAYA

Juan Ignacio Luca de Tena, 15. 28027 Madrid

1.ª edición, octubre 1999

Diseño: Taller Universo

ISBN: 84-207-9230-6
Depósito legal: M. 34.408/1999

Impreso en ORYMU, S. A.
Ruiz de Alda, 1
Polígono de la Estación
Pinto (Madrid)
Impreso en España - Printed in Spain

EL DUENDE VERDE

Paco Climent

JUANA CALAMIDAD Y LA CASA ENCANTADA

Ilustración: Ángel Esteban

QUERIDO LECTOR

Juana es una chica de tu edad que vive en un pueblecito llamado Montefaro, en Galicia, allí en la punta del mapa de España.

Juana es hija única. Su padre es capitán de barco y siempre anda perdido por los mares del mundo.

Chus, su madre, es también la maestra de la única escuela de Montefaro. Así que nuestra Juana tiene todos los días doble ración de Chus: en casa es su madre, en el colegio es su profesora. ¡Imagínate los días en que se enfadan una con otra, porque Juana ha hecho una de las suyas! Es entonces cuando Chus dice esa frase que ya es famosa en el pueblo: «¡Juana, eres una calamidad!».

Además, están sus amigos, con los que Juana corre grandes aventuras. Está Barbarita, la hija de la farera; Matías Ferreira, el buen amigo que nunca falla; Tiberio el solitario; su primo Valentín, jefe de la banda de los «grovios» del vecino pueblo de Padornelo, etc.

Cuando esta historia comienza, vemos a Juana escribiendo a su padre. No una carta como puedes estar pensando, no. Juana escribe las cosas importantes que le pasan para no olvidarlas y podérselas contar a su padre cuando vuelva.

Si te parece, vamos a ver qué escribe ahora.

Paco

A mi amigo
Mohamed Chakor.
A mi sobrina
Marta Velasco.

Yo soy como las gentes que a mi tierra vinieron
—soy de la raza mora, vieja amiga del sol—,
que todo lo ganaron y todo lo perdieron.
Tengo el alma de nardo del árabe español.
Manuel MACHADO

CUADERNO DE JUANA

QUERIDO papuchi:

Te escribo para decirte que me voy a pasar unos días a casa de Tiberio Trasalba. Mamá se va mañana a Santiago al cursillo ese de profes que hace siempre antes de empezar el cole. No me apetece mucho porque Tiberio es un poco soso, pero bueno; creo que va a estar Octavio, su hermano mayor, que es más divertido. Ya sabes que son siete hermanos y todos tienen nombres de emperadores romanos porque su padre es un poco creído con eso de que es noble, viven en un pazo y es alcalde. Encima es guapo, aunque calvorota.*

Me llevo bien con la madre, que es pintora y siempre tiene buen humor. Tiene

* Casona señorial que se encuentra en los campos de Galicia.

muy buen tipo a pesar de tener tantos hijos. Además, me apetece jugar con Ivancito, el pequeño, que nació hace algunas semanas. Por lo del niño no se han ido de vacaciones y se han ofrecido a tenerme unos días. Yo hubiera preferido irme con Barbarita, pero Chus dice que tengo que ser más socialista o sociable, no sé muy bien lo que me ha dicho.

Papi, por favor, no te olvides de lo que te dije por teléfono, lo de que conduzcas bien tu barco. Y no se te ocurra atropellar a ninguna ballena, que ya quedan pocas.

Tu hija, que te quiere mucho,

JUANITA

P.D.: Tiberio me ha dicho que tienen nuevo perro. A ver qué tal es, porque se llama Ciclón. Con ese nombre me da un poco de miedo...

1

UNA DESPENSA VACÍA

IMAGÍNATE un castillo de dos pisos con una torre cuadrada en el centro. ¿Ya lo ves? Pues así es el pazo de los Trasalba, sin duda el mejor edificio de Montefaro.

Está un poco apartado del pueblo, sobre una loma desde la que se disfruta de una vista del mar y de las montañas de tierra adentro que casi parece una postal.

La finca está cerrada por un muro viejo y cubierto de musgo con sólo un gran portalón de hierro, que le da un aire de internado de señoritas de película inglesa. O por lo menos así siempre le ha parecido a Juana.

Chus llevó a su hija hasta el pazo, saludó a los Trasalba, dio un beso a Octavio y a Tiberio, alzó en brazos al diminuto Iván, se lo devolvió a su padre y, tomando de la mano a Juana, le pidió que la acompañara hasta el coche.

El nuevo perro, una especie de oveja lanuda, se fue tras ellas.

—Juana, prométeme que no te vas a meter en líos. Pórtate bien, cariño, que dentro de nada estoy de vuelta.

—Sí, mamá, seré la niña más buena y obediente del mundo. No te preocupes.

Y con cara de aburrida, la niña se echó la mochila al hombro y se fue detrás de Delfina, la muchacha de toda la vida de los Trasalba, que le iba a indicar cuál iba a ser su dormitorio. El perro oveja se fue con ellas.

Antes de entrar en el coche, Chus miró a su hija por última vez y sonrió. ¡Qué pintas llevaba! El pelo rojo y de punta le asomaba por encima de la mochila, mientras que de su sempiterno pichi vaquero le salía por un lado un pico de la camiseta. La verdad es que Juanita con esa ropa y con sus andares eléctricos parecía un dibujo animado; pero Chus se dijo a sí misma que estaba encantada de cómo era su niña.

Como faltan aún dos semanas para comenzar las clases, Fernanda recuerda a sus dos hijos que los cuadernos de vacaciones están todavía sin abrir. Así que:

—De aquí hasta que comience el cole, una hora de deberes después de desayunar.

—Mamá, es que si escribo después de tomar la leche me mareo —informa Tiberio con una cara de pena que hubiera ablandado hasta al mismísimo Hombre del Saco.

Pero Fernanda debe ser más mala que dicho monstruo porque no le tiembla la voz cuando repite:

—Niños, no quiero oír ni un suspiro en la próxima hora. Y tú, Juana, haz lo que quieras, pero sin enredar con los chicos...

Para los tres amigos el final de las vacaciones no se presentaba, pues, muy divertido. Por eso, cuando unas horas más tarde Delfina exponía a Fernanda cierto asunto inexplicable, los chicos recobraron el interés por algo.

—No lo entiendo, señora, pero desde hace un par de días faltan cosas de la cocina...

—¿Que faltan cosas? ¿Está segura, Delfina?

—Sí, señora. Me han desaparecido pan de molde, mantequilla, leche, algo de queso y... galletas.

—¡Niños! ¿Habéis sido vosotros?

—No, mamá —saltó Octavio—, ¡qué cosas tienes!

—Bueno, yo una chocolatina sí que cogí... —confiesa Tiberio bajando los ojos.

—Pues no lo entiendo. ¿Está segura de que el nuevo niño del súper trae el pedido completo?

—Yo creo que sí, señora. Pero ahora me hace dudar...

—Bien, mañana comprobaré personalmente el pedido. Y ahora, niños, no os quiero ver por aquí: ¡a jugar al jardín!

Los tres amigos obedecieron, pero no hicieron por jugar; el asunto les había interesado y se dedicaron a intercambiar opiniones.

—Seguro que es el nuevo chico de los recados —afirmó Tiberio enredando un dedo en su pelo, tan rizado, gesto muy suyo cuando se decidía a pensar—. Yo le vi ayer y es así, gordito, con pinta de comilón.

—Eso es una tontería —sentenció el siempre razonable Octavio, al que Juana había encontrado muy serio y muy mayor con el pelo muy cortado y algo de sombra de bigote medio rubia—. Eso de ser sospechoso por estar gordo no se lo cree nadie.

—Pero entonces, ¿quién? —se preguntó Juana en voz alta.

Pasaron la tarde jugando al parchís y decidieron vigilar al día siguiente la entrega de la cesta de la compra.

El chico de la tienda de alimentación, un gordito de cara despierta y movimientos ágiles, se quedó sin habla cuando al hacer la entrega en casa de doña Fernanda se encontró con un público curioso que le esperaba en la puerta.

Fernanda, en plan agente de aduanas, comprobó, paquete a paquete, kilo a kilo, que todo estaba en orden, que correspondía a la lista del pedido.

El chico recibió ese día el doble de la propina acostumbrada; y con cara de no entender nada, salió por la puerta de servicio y atravesó el jardín.

Apoyados en la cancela, le esperaban los tres amigos sonrientes. Este gesto amistoso le animó a dejar el cajón vacío en el suelo. Se secó el sudor de la frente y murmuró:

—Hola...

—¡Hola! ¿Cómo te llamas?

—Teodoro, pero en mi pueblo se me conoce como Teo, Teo Zampabollos, porque dicen que siempre estoy comiendo pasteles... Pero no es verdad.

Una mueca de suficiencia se pintó en la boca de Juana.

—Teo, ¿sabes que eres sospechoso?

—¿Sospechoso? ¿Sospechoso de qué, tía?

—No soy tu tía... Es la madre de mis amigos la que te considera sospechoso. Piensa que *mangas* comida del pedido.

Juana se encontró satisfecha del tono y el lenguaje empleado con Teo. Si se iba a pensar que por ser chica se callaría, andaba listo...

—¡Pero qué tontería dices! En la tienda se enterarían y me pondrían de patitas en la calle. ¡Y menuda paliza me daba mi padre!

—¿Cuántos años tienes, Teo? —intervino, muy serio, Octavio.

—Trece, ¿por qué?

—Puff, dos más que yo y ya estás trabajando...

Se produjo un silencio que cada uno ocupó en profundos pensamientos. Juana lo quebró con una afirmación rotunda:

—Pues según mi profe de sociales, que además es mi madre, tú eres una víctima de la esclavitud infantil.

—¿Esclavo yo? Pero qué dices, tía...

—¡Que no soy tu tía, Zampabollos!

—Oye, guapa, que Zampabollos sólo me lo pueden llamar mis amigos, ¿eh? Así que hasta que no te dé permiso, para ti soy Teodoro, ¿está claro?

—Bueno, basta de peleas —medió Octavio—. Pero Juana tiene razón, Teodoro; hasta cumplir dieciséis años está prohibido trabajar... Se lo he oído decir muchas veces a mi padre.

—¿Ah, sí? Pues ve a contárselo al mío, si te atreves. Te dirá que tiene cinco hijos que alimentar y que él lleva parado dos años... y que la comida no baja del cielo.

—Bien, todo eso es muy triste, pero no quita el que tú seas un auténtico esclavo.

—¡Mira que te doy, tía!

El tono volvía a ponerse tirante entre Teo y la chica. Menos mal que apareció Fernanda en una ventana y que al ver a sus hijos en tan extraña compañía, gritó:

—¡Niños, meteos dentro y a estudiar! Y tú, chico, ¡basta de cháchara y a la tienda!

Juana aún tenía ganas de pelea, por lo que susurró mientras cerraba la cancela:

—Hasta mañana, Zampabollos...

—¡Niña idiota!

Tiberio fue el último en incorporarse al estudio. Se había quedado prendado de la bicicleta con remolque que empleaba Teo para los repartos.

—¡Puaf, qué bici! ¡Mañana voy a decirle al Doroteo ese que me dé una vuelta!

—Teodoro, Tiberio, Teodoro...

—Bueno, Zampabollos, quiero decir.

Mientras, Juana se montaba en el perro-oveja en un intento de sacarle de su eterna modorra.

—Oye, ¿quién ha sido el cerebro que puso a esta «cosa» el nombre de Ciclón?

No obtuvo ninguna respuesta.

2

¡SONÁMBULO!

ESTARÁS conmigo en que el chico de la tienda debe quedar por ahora fuera de toda sospecha; esto nos obliga, pues, a pensar que es otra la persona culpable de la desaparición de los alimentos.

Después de estudiar y tras un rato de discusión sobre los posibles motivos, Juana y los dos hermanos abandonaron el asunto del robo.

Se decidieron a jugar al baloncesto utilizando, como improvisada canasta, un bote de detergente amarrado al tronco de un árbol.

Fue Tiberio al que, aburrido porque no le entraban los tiros de tres puntos, se le ocurrió la palabra mágica:

—¡Sonámbulo!

—Oye, ¡no insultes! —le dijo su hermano.

—No, no iba por ti... Digo que el robo de

la despensa puede hacerlo uno que sea sonámbulo.

—¡Claro! —se apuntó Juana—. El sonámbulo, al día siguiente, no se acordaría de que se había llevado la comida, ni de que se había dado un banquete, porque no dejaría rastros...

—Pero, que yo sepa —terció Octavio—, en esta casa no hay nadie que sea sonámbulo...

—Eso no se puede asegurar hasta que no se estudie científicamente.

—¿Y eso qué es, Juana? —preguntó Tiberio con admiración.

—Pues significa vigilar la nevera y la despensa para saber si alguien se acerca a ellas.

—¿Durante la noche...?

—Sí, Octavio, durante la noche.

La noche. Aquello eran palabras mayores, y los chicos guardaron un rato de silencio.

—Habrá que hacerlo —suspiró Juana—. Si no, el misterio nos perseguirá toda la vida.

—¡Mujer, toda la vida! —protestó Octavio—. Pero lo que sí es cierto es que deberíamos montar guardia en la cocina para ver lo que pasa.

—¡Montar guardia! —gritaron los otros dos.

—Sí, como en las películas de galeones y piratas, en las que cada dos o tres horas un marinero vigila la cubierta.

—O sea, que pretendes que dividamos la noche en tres y que cada uno pase en la cocina el rato que le toque...

—Sí, claro.

Juana meditó un instante el plan de Octavio, hasta que llegó a la conclusión de que, si querían desvelar el misterio de la nevera, no había otra manera.

—Está bien, haremos turnos de tres horas —Juana se puso rápidamente en plan de organizadora—. Y para repartirnos los puestos nos lo jugaremos a los chinos.

Así lo hicieron. A Tiberio le tocó el primer turno, a Octavio el segundo y Juana quedó encargada del último.

Con la decisión tomada, el resto del día les pareció eterno y aburrido. En la cena se portaron con una corrección sorprendente. Los adultos de la casa no daban crédito a sus ojos cuando vieron que se levantaban de la mesa y les deseaban las buenas noches sin ofrecer la acostumbrada resistencia.

Los dos chicos se despidieron de Juana con un fuerte apretón de manos y marcharon a su habitación.

Se les hizo interminable el tiempo que sus padres dedicaron a ver la película de *La momia*. Por fin escucharon el chasquido del cierre del televisor, ruidos por el pasillo y por último el suave cerrar de la puerta del dormitorio paterno.

La casa quedaba a disposición del sonámbulo.

Para llevar la contabilidad horaria necesitaban un reloj luminoso, de manera que Tiberio hubo de desprenderse del suyo, que tenía las cifras fosforescentes.

La primera guardia transcurrió sin novedad; por lo menos, es lo que Tiberio comunicó a su hermano en el relevo. Lo cierto es que el chico se había metido en la despensa, dejando la puerta entornada para controlar la nevera. Luego se construyó con sacos y cartones una cama tan confortable, que naturalmente le había provocado un dulce sueño.

Octavio, como siempre, se tomó el asunto muy en serio. No apartó un solo momento los ojos de la puerta de la nevera y, cuando el cansancio le rendía, se daba pellizcos en los muslos para despertarse.

Más de una vez creyó (con horror) oír pasos; resultaron ser crujidos de la madera, pues a veces parece que los muebles aprovechan la noche para desperezarse. Seguro que te ha ocurrido a ti alguna vez y que ese ruido te ha hecho mirar debajo de la cama por si acaso.

A las cinco en punto de la madrugada despertó Juana, que se puso en pie de un salto, se plantó un jersey encima del pijama y marchó decidida al puesto de observación.

No tuvo que esperar mucho tiempo para experimentar por primera vez en su vida lo que es temblar de miedo. Se tuvo que poner un trapo en la boca para no gritar de terror: la puerta que comunicaba la cocina con la escalerita que llevaba al desván acababa de abrirse con un ligero chirrido.

Una sombra, enmarcada en la ligera claridad que anunciaba el día, se deslizó hasta la

nevera. La luz del frigorífico abierto bastó para que Juana comprobara que no se trataba de ningún habitante de la casa. El «sonámbulo» era un hombre delgado y, desde luego, totalmente desconocido.

El visitante rebuscó en la nevera, cogió un par de cosas, cerró la puerta y se volvió hacia la despensa.

Un sudor frío bañó al instante la piel de la chica. «¡Qué estúpida!», se dijo. Todo el rato hablando de la nevera y se habían olvidado de que quesos, galletas y pastas se guardaban en la despensa.

Nunca supo de dónde sacó el valor y la decisión, pero lo cierto es que actuó con presteza. De un salto se colocó en el rincón que la puerta cubriría al abrirse. Le pareció que su corazón producía el mismo ruido que un caballo lanzado al galope.

El visitante se introdujo en la despensa con movimientos rápidos y seguros, como los de quien se encuentra en un sitio familiar. Rebuscó entre cajas de galletas, latas de conservas y queseras; hizo un paquetón con todo ello, salió de la despensa y desapareció por la es-

calerilla con el mismo sigilo con el que había bajado.

Juana tardó bastantes minutos en reponerse. Le temblaban las piernas y no controlaba sus manos. Siempre se había considerado una chica valiente, pero enfrentarse a la situación que acababa de vivir era algo que superaba sus fantasías más noveleras.

Cuando recobró el dominio sobre sus miembros, corrió a su habitación, cerró el pestillo y se metió de un salto en la cama, tapándose con sábana y colcha hasta formar una pelota humana.

En esa postura se relajó y le llegó el sueño, que su espíritu, sacudido por tan fuerte emoción, necesitaba.

3

LLÁMAME ZAMPABOLLOS

LA tuvo que despertar Delfina por el procedimiento de dar golpetazos en la puerta.

—¡Niña, por qué te cierras! ¡Ya están todos en la mesa desayunando!

Juana se vistió rápidamente y se mojó un poco la cara para aparentar que se había lavado.

Pidió perdón y se sentó. Sus amigos la observaban atentamente, pero el cerebro de la chica aún estaba medio dormido y solamente pudo devolverles una mirada inexpresiva.

Los copos de cereales con los que pobló su tazón de leche consiguieron devolverle con su cris-cras la plena consciencia. Hizo una seña a los chicos de que después del desayuno hablarían.

Se reunieron en una esquina del jardín a salvo de cualquier escucha.

—El asunto es más grave de lo que pensábamos. Hay un polizón a bordo...

—¿Que hay qué?

—Un polizón, un extraño.

—Vamos a ver, Juana: ¿estás intentando decirnos que en nuestra casa se esconde una persona?

—Precisamente eso; que en el desván hay alguien que baja por las noches a la cocina, coge alimentos y bebidas y se vuelve a subir.

—¡Imposible! ¡Lo habrás soñado! —intervino Tiberio.

—¡Eso que he dicho lo han visto estos ojitos que se han de comer la tierra, tonto!

—Bueno, en cualquier caso —intervino Octavio, apaciguador—, es algo que se puede comprobar fácilmente.

—¡Toma, claro; pero hay que subir!

—Nosotros no, Juana, la policía...

—Pero, ¿y si esta niña ha dicho una mentira, Octavio?

—¿Cómo dices, idioto?

—Bueno, si lo has soñado, si ha sido una pesadilla...

—Lo que dice Tiberio es importante. Antes de decírselo a los padres o a la policía, deberíamos asegurarnos de que no ha sido un sueño.

—¿Y quién va a ser el guapo que suba? La nena no, desde luego. Aún me quedan temblores de esta noche...

—No pasará nada, solamente se trata de comprobar que está allí. Subiremos los tres y a la hora de más calor. Seguro que estará durmiendo la siesta como hacen todos los mayores en verano...

Estuvieron de acuerdo con el plan de Octavio y se dedicaron a pasar el tiempo hasta la hora de iniciar las pesquisas.

La mañana no fue especialmente movida; se animó un poco con la llegada de Teodoro, el chico de la tienda.

—¡Hola, Zampabollos! —le saludó Juana en un tono que pedía claramente pelea.

—¡Hola, tía mema! —le contestó el gordito en la misma onda.

—Juana, déjale en paz, que no te ha hecho nada.

—Si sólo es para divertirme un rato, Octavio...

Siguieron tumbados en el césped, aburridos, hasta que apareció Teo con la cesta vacía apoyada en la cabeza. Al pasar junto a ellos, gritó:

—¡Adiós, tía boba!

—¿Veis cómo es él...? —Y volviéndose hacia el chico dijo suavemente, pero con claridad—: Adiós, Teo... ¡zampamierda!

Teo dejó la cesta en el suelo y llegó en cuatro zancadas ante la chica.

—¿A que te parto la cara, so tonta? —e hizo ademán de levantar la mano.

Pero Tiberio no le dio opción. Se lanzó en plancha, tipo jugador de rugby, y aterrizó en la mullida tripa de Zampabollos.

Un instante después los cuatro chicos rodaban abrazados por el césped. Tres propinando patadas y puñetazos, y uno (Octavio, naturalmente), intentando separarlos.

Ciclón, que llevaba toda la mañana tumbado a la sombra, no movió un pelo para ayudar a sus amos.

Fernanda acudió alarmada por los gritos.

—Pero, niños..., ¿qué hacéis? ¡Separaos de una vez! ¡Orden, he dicho orden!

Los chicos se pusieron en pie arreglándose las ropas. Fernanda los miraba con ojos severos que anunciaban castigos.

Juana actuó con la rapidez de reflejos que era su mejor virtud en los momentos difíciles. Agarró un balón que vio por el suelo y dijo con la más candorosa sonrisa:

—Fernanda, estábamos jugando al rugby: hacíamos una *melé*...

—Buena *melé* estás tú hecha ¿Es que no podéis entreteneros con juegos normales? Una chica jugando al rubgy... ¡Y yo que me creía moderna! —Reparó en Teo—. Y tú, chico, ¿qué haces aquí? A trabajar, que como se entere tu jefe....

Teo recogió la cesta y, según se la colocaba en la cabeza, lanzaba un guiño de complicidad a Juana. Y al pasar junto a ella le susurró:

—Puedes llamarme Zampabollos...

La chica respiró con orgullo. Cuatro o cinco moratones por las piernas indicaban que no había sido nada fácil conquistar la amistad de Teo.

Sin más incidentes llegó la hora de comer.

Luego, tras breve sobremesa, los padres se retiraron a descansar.

Nuestros amigos conectaron la tele y subieron el volumen del sonido algo más de lo habitual: les interesaba aparentar que permanecían en la sala. Solamente faltaba hacer salir a Delfina de la cocina, y Tiberio, que era el más ágil de los tres, sería el encargado de hacerlo.

Saltó por la ventana del comedor, corrió por el jardín hasta la puerta de la calle, llamó al timbre un par de veces y volvió rápidamente a la casa por el mismo procedimiento.

Sin perder un instante, marchó a la cocina ya sin la presencia de Delfina. Cuando entró, Juana y Octavio comenzaban en ese momento a subir los primeros peldaños de la escalera del desván.

Él hizo lo mismo y cerró la puerta a sus espaldas.

4

EL INTRUSO

AL principio les pareció que la oscuridad era total; sin embargo, poco a poco, una débil claridad que descendía del desván hizo que pudieran ver los escalones.

Cogidos de la mano y con Juana abriendo paso, compartían, sin saberlo, la misma reflexión: ¡quién les mandaría meterse en semejante lío!

Juana, temblando, alcanzó el final de la escalera y lentamente, muy lentamente, asomó los ojos por entre los últimos barrotes de la barandilla.

Aun con el sol en su apogeo, el interior de la buhardilla, que era muy grande, se encontraba en penumbra. La iluminación de la estancia, así como la ventilación, provenía de unos minúsculos ventanucos empotrados en el tejado.

La mirada de nuestra amiga recorrió minuciosamente todos los rincones, analizó sombras, delimitó mentalmente objetos que pudieran encubrir una figura humana.

Pero nada, ni el más leve indicio de que en aquella amplia estancia pudiera ocultarse alguien.

—Creo que no hay nadie... —susurró en la oreja de Octavio que le quedaba más próxima.

Y siempre cogidos de la mano subieron el último peldaño y alcanzaron el desván. Los tres chicos, al comprobar que no había nadie, se relajaron, se soltaron unos de otros y comenzaron a revolver entre los viejos trastos.

—¡Qué extraño, Octavio! —comentó Juana mientras se probaba un viejo sombrero que había encontrado en un arcón—. Te prometo que vi a alguien salir de aquí y robar comida en la despensa...

—Quizá lo soñaste, Juana. A veces pasa que crees vivir algo y luego resulta que ha sido un sueño.

—Pues eso habrá sido... Pero de todas formas sigue sin aclararse el porqué de la comida desaparecida.

—Es verdad, pero seguro que tiene una explicación lógica... Oye, aquí hace un calor horrible. Vámonos y tú, Tiberio, deja de meter ruido, que abajo están durmiendo.

Juana y Octavio iniciaban el descenso cuando Tiberio, que no quería quedarse a solas, echó a correr, resbaló con algo y cayó al suelo haciendo un ruido sordo.

—Pero, ¿qué haces, tonto? ¡Como se despierten los papás...! —susurró Octavio mientras acudía en socorro de su hermano.

—Es que he resbalado al pisar esto...

Y Tiberio levantó a la altura de sus ojos una hermosa, fresca y reluciente piel de plátano.

Los tres chicos se miraron sin decir palabra y palidecieron a la vez; porque los tres habían llegado a su pesar a la misma conclusión: Juana no había soñado.

Iniciaron la vuelta a la escalera conscientes de que aquello podría ser algo más que jugar a «Emilio y los detectives». En ese momento una figura humana se descolgó de la estructura de madera que sostenía el tejado y de un salto les cerró el paso.

—¡Quietos! ¡No gritar!

Nuestros amigos, mudos de espanto, permanecían inmóviles, fascinados ante aquella voz que emanaba de una silueta de la que ni siquiera alcanzaban a distinguir el rostro.

—¡Tranquilos! Yo no hacer ningún daño…

La voz sonaba con acento extraño, pero en absoluto era amenazadora. El visitante condujo suavemente a los chicos al pie del ventanuco y buscó la posición más favorable para que la luz le iluminara el rostro.

Juana no pudo menos que exclamar:

—¡Ostras! ¡Un moro!

El hombre afirmó en silencio.

Los tres amigos le observaron con una mezcla de inquietud y curiosidad. Tendría algo más de treinta años. La piel de una tonalidad ligeramente tostada, la boca abultada, los ojos negros como el carbón, la nariz de aletas abiertas y el pelo corto, pero crespo, eran datos más que suficientes como para asegurar que, en efecto, pertenecía a una raza del norte de África.

El moro volvió a hablar otra vez. Su vocabulario era muy limitado, pero se hacía entender perfectamente.

—Yo cuento mi historia. Luego vosotros decir si yo seguir aquí.

Dicho esto se sentó en el suelo e invitó a nuestros personajes a hacer lo mismo.

Dijo llamarse Alí y venir de Walata (Mauritania), una ciudad en la antigua ruta de Tombuctú. Su familia pertenecía a los tuareg, «señores del desierto», que con sus caravanas de camellos hacían el comercio entre el norte y el centro de África a través de la inmensidad del Sáhara.

Pero con la llegada del avión y del automóvil, el poder de «los hombres azules» (así llamados por la túnica de algodón azul que les cubría y que al desteñir, debido al sudor, coloreaba sus pieles de esa tonalidad) desapareció; ya no eran necesarios.

Ciudades y oasis caravaneros como Walata entraron en decadencia, y los jóvenes tuvieron que buscar otra forma de ganarse la vida. Como tantos otros, Alí tuvo que emplearse como peón en las minas de fosfato y de sal, o conducir grandes remolques a través de la ruta transahariana, ahora popularizada por el rally Granada-Dakar.

Pero ninguno de estos empleos le daba más que para ir tirando, para no morirse de hambre. Él quería aprender, saber más, llegar a tener el conocimiento que él veía que tenían los europeos que dirigían las grandes empresas en las que había trabajado. Conocimientos, sabiduría con la que poder levantar a su pueblo, antes orgulloso de su importancia entre los demás pueblos, del grado de decadencia y miseria en que ahora se encontraba.

Por eso había abandonado África y pasado a Europa de una forma ilegal, trabajando hasta morir por cuatro monedas en los oficios más duros, los que ya nadie quiere, sin parar de sol a sol, con el único propósito de enviar dinero a su familia, allá al sur de Marruecos.

Ese verano aceptó un trabajo peligroso y tuvo la mala suerte de herirse gravemente en una pierna.

No tenía papeles, documentos y por eso no se atrevió a ir al hospital. Deambulando de un sitio a otro, se topó con el pazo de los Trasalba. Le pareció desierto (debió ser el día en que nació Iván y en el que todos, menos Ciclón, marcharon al hospital), es más, le pa-

reció un oasis de verdor en medio del calor casi africano de esos días. Se introdujo en el jardín; después descubrió que la puerta del sótano estaba mal cerrada. Al final se acomodó en el desván y con las provisiones que encontró en la despensa pudo sobrevivir.

—Amigos, yo estar en vuestras manos. Vosotros decir si llamar a policía o esconderme unos días más hasta encontrarme ya bueno.

Se puso en pie cojeando y caminó hasta un rincón donde, tras apartar unas cajas, sacó un paquete de galletas. Con gran dignidad comenzó a comerlas a la espera de la sentencia.

No se hizo esperar mucho. Los chicos eran incapaces de entregarle a la policía. Así pues, se harían cargo de él.

Los tres se levantaron a la vez y se dirigieron sonrientes hacia el tuareg.

Octavio habló en nombre de todos.

—Alí: ¡bienvenido a casa!

5

LOS TUAREG

CUANDO nuestros amigos bajaron de la buhardilla, encontraron la cocina desierta pues Delfina había terminado ya sus faenas.

La nueva situación exigía una charla y eso es lo que hicieron los tres a la sombra del gran magnolio de la esquina del jardín.

—¡Vaya lío, vaya lío! —suspiró Octavio dejándose caer en el césped.

—Y gordo... —subrayó Tiberio.

—Pero le hemos dado nuestra hospitalidad y eso es sagrado para los hombres del desierto.

—Esto no es el desierto, Juana.

—Casi, con este calor no veo la diferencia.

Silencio de los tres provocado por el pensamiento de que, en efecto, se habían metido en un serio embrollo, que, como sabes, es una forma elegante de decir lío.

—Como se entere papá...

—Pues no será nada comparado con el número que montará mamá...

—Y encima es un fuera de la ley, sin papeles ni cosas de ésas.

Nuevo silencio.

Juana recobró su aplomo habitual y comenzó a planear qué hacer con Alí.

—Lo primero es alimentarle; luego ya se nos ocurrirá cómo sacarle de aquí.

—Pero no podemos robar comida... Mamá y Delfina están sobre aviso.

—Yo tengo algunos ahorros —intervino Tiberio—. Quería comprarme un equipo de buceo. Con ese dinero se puede alimentar a Alí unos días. Las gafas pueden esperar...

Juana tuvo un arrebato de admiración hacia su amigo: le cogió la cabeza entre las manos y le estampó un sonoro beso en la mejilla. Luego anunció su aportación:

—Pongo lo que me enviaron los abuelos por mi cumple y que aún no he tenido tiempo de gastar.

Ahora le correspondía el turno a Octavio:

—Bien, reunimos el dinero de los tres, eso está hecho. Pero, ¿nos van a dejar salir todos los días para hacer la compra? No. Necesitamos un contacto fuera de casa...

—¡Zampabollos! —gritó Juana, repentinamente entusiasmada con la idea de ver a Teo incorporado a la banda.

—Sí, bien pensado; a él no le cuesta nada añadir algunos alimentos más al pedido y simplemente, al entrar, dejarlos en el arbusto que nosotros digamos.

—¡Estupendo, chicos! Recojamos el dinero y vayamos a explicárselo todo a nuestro agente secreto.

—¡Un momento! —dijo Tiberio sacudiéndose los pantalones—. Habrá que inventarse algo para que Delfina nos deje salir... Por ejemplo, que vamos al quiosco a comprar un cómic.

Aceptaron los mayores la idea de Tiberio y entraron en la casa para buscar, cada uno por su lado, los ahorros.

Delfina les dejó marchar:

—¡Pero volved pronto, antes de que vuestros padres se despierten y se preocupen...!

A todo correr salieron a la calle y llegaron a la tienda de alimentación donde trabajaba

Teo. Tuvieron que esperar un cuarto de hora antes de que el mismo Teo levantara el cerrojo.

—¡Hola, Zampabollos! —le saludó una Juana deshecha en sonrisas.

—¿Qué hacéis aquí? ¿Qué queréis? Tengo trabajo... —y se dispuso a colocar en el exterior todo un hermoso surtido de frutas.

—Teo, tenemos que decirte algo importante; no te quitaremos más de tres minutos.

Octavio le había respondido con un tono tan grave, que el chico no tuvo más remedio que dejar los melones y las sandías para un mejor momento.

Los chicos le contaron sus aventuras quitándose la palabra unos a otros. Si esperaban que Teo se sorprendería con su historia, se equivocaban. El chico se limitó a levantar las cejas mientras opinaba:

—En mi pueblo hay montones de esos moros y negros. La gente no les mira muy bien, no por nada porque son buena gente; pero aceptan trabajos por muy poca pasta y eso deja tirados a muchos, a mi padre, por ejemplo...

—Sí, eso es terrible... —Juana se impacientaba—, pero vamos al asunto. ¿Estás de acuerdo en ayudarnos o no?

—¡Que sí, tía, que sí! —y volviéndose a los dos hermanos—: Pero qué tía más mandona... ¡No sé cómo la aguantáis!

Hicieron la lista de comida entre todos y quedaron en verse al día siguiente.

El hecho de compartir un secreto hizo que las relaciones entre nuestros protagonistas atravesaran un rato especialmente bueno. Hasta el pobre Iván andaba extrañado de que no usaran su cuna como si fuera un fórmula 1.

La misma Fernanda notó el cambio producido y, a la hora de la cena, les agradeció el que se portaran tan bien.

—¡Gracias, Fernanda!

Juana sonrió como una santita a la vez que aguantaba estoicamente sendas patadas de los hermanos por debajo de la mesa. Así le demostraban su enfado por que la chica se apuntara ella sola la felicitación.

En los días siguientes el plan funcionó a la perfección. Teo traía el pedido y, en una bolsa aparte, los alimentos para el visitante. De acuerdo con las instrucciones, los depositaba tras el tronco de un ciprés a la entrada del jardín.

Nuestros amigos, siempre pendientes de la llegada de Zampabollos, recogían el paquete, lo guardaban y, a la hora de la siesta, subían al desván y se lo entregaban a Alí.

Al principio permanecían un momento con él y luego volvían a sus juegos; pero poco a poco las visitas se alargaban porque Alí, satisfecho y relajado por la comida, gustaba de hablarles (la añoranza quizás) de la vida de los tuareg.

Algunos días el bueno de Teo, picado por la curiosidad de conocer de cerca al «sonámbulo», aprovechaba las horas en que la tienda permanecía cerrada para unirse a sus nuevos amigos en la escucha de los exóticos relatos de Alí.

En la penumbra del desván, en un ambiente abarrotado de mil objetos de uso desconocido, nuestros amigos se sentían transportados a una tienda plantada en medio del desierto, huéspedes de un ilustre jefe tuareg.

Alí les contaba que el nombre de *tuareg,* con el que se les conoce, se lo pusieron los árabes cuando conquistaron la tierra bereber y significa «abandonados de Dios». Y debía reconocer que no estaban mal bautizados pues el ambiente donde viven no puede ser más árido y hostil. En verano, la temperatura a la sombra puede llegar a 50° y las rocas se recalientan como si fueran cera al rojo. Hay regiones que no conocen la lluvia en años, pero sí sufren con frecuencia aterradoras tormentas de arena que hacen dolorosa hasta la respiración. Sólo el exacto conocimiento de los oasis y de los pozos excavados en la roca donde se conserva el agua de las ocasionales lluvias, permite a estos navegantes del mar de arena el que sus familias y sus rebaños de camellos y ovejas sobrevivan.

Juana no perdía palabra cuando Alí hablaba de las mujeres tuareg: bellísimas, de miembros largos y andar majestuoso. Son mucho más libres que las mujeres de otras comunidades musulmanas, hasta el punto de poder escoger y divorciarse de sus maridos. Trabajan hábilmente el cuero, que transforman en cinturones, sandalias y collares y pulseras para el cuello y los brazos.

Los tuareg, como grandes señores del desierto, han utilizado desde siempre a los negros de las orillas del Níger como artesanos y criados, de forma que «los hombres azules» solamente atendían al comercio y a la guerra contra los saqueadores de caravanas.

Pero todo este mundo, fiero y medieval, desaparece día a día desde que la gran ruta transahariana es ya una realidad.

Las caravanas de centenares de camellos que cubrían el comercio entre el norte y el sur del gran desierto ya no pueden competir con los camiones de gran tonelaje que recorren inmensas distancias en muy pocas jornadas.

El futuro del apenas medio millón de tuareg es más bien problemático. Su rica cultura nómada está abocada a morir al asentarse la población alrededor de los yacimientos de petróleo, hierro y uranio que día tras día se descubren bajo las dunas del desierto. La transformación de los antes orgullosos «hombres azules» en una masa desorientada de trabajadores anónimos es hoy por hoy un camino que se adivina sin retorno.

Cuando llegaba a estas tristes conclusiones, el tuareg se sumía en un profundo silencio que nuestros amigos respetaban dejándole solo. Se reunían entonces bajo el pino de ramas bajas y espesas que les cobijaba del calor reinante y se preguntaban no ya por el futuro de la mítica comunidad nómada, sino por el de su propio y exclusivo bereber.

—¡Menudo follón!

—Ya se nos ocurrirá algo...

—Sí, Juana, pero ¿cuándo? Esta situación no se puede aguantar ya por mucho tiempo; nos queda dinero para dos o tres días...

Por lo pronto dejaron la decisión para más adelante. Fernanda apareció en el jardín para comunicarles que al día siguiente Guzmán no tenía trabajo en el ayuntamiento y que, por tanto, lo festejarían marchando a la playa. Seguramente sería el último baño del verano.

Ante aquel inesperado cambio de planes quedó Juana encargada de comunicar al tuareg que no acudirían al siguiente día a la habitual cita alimenticia.

Esperó a que la casa quedara en el más completo silencio antes de saltar de la cama, abrir la puerta del cuarto e iniciar de nuevo el trayecto que les había conducido a la gran aventura de sus vidas.

6

ALÍ PAPÁ

CUANDO Juana pasó ante la despensa, sonrió al recordar el miedo que había sentido la primera vez. Ahora, en cambio, iba tranquila y confiada al encuentro de «su» sonámbulo. Por cierto, cada día que pasaba y le crecía la barba le encontraba más guapo. Se lo imaginaba vestido con la característica camisa blanca de tuareg y el velo azul enrollado en la cabeza a modo de turbante, dejando al descubierto únicamente sus ojos negros y húmedos, y no dudaba ni por un momento de que así debieron ser los príncipes de *Las mil y una noches*.

Juana empujó suavemente la puerta del desván. Tardó algunos segundos en percibir dónde se encontraba Alí. Al fin lo vio en un rincón arrodillado sobre una alfombrilla, con la frente tocando el suelo.

Le impresionó tanto la actitud de profundo recogimiento del musulmán, que durante unos minutos no se atrevió a cruzar el umbral de la puerta.

Al recoger la alfombrilla, Alí la descubrió y la invitó a entrar.

—Yo rezar a Alá, a Dios como llamar vosotros. Yo pedirle que cuide de mi mujer y de mis hijos.

—¿Tú tienes hijos, Alí?

—Sí, Alí papá... Alí papá de dos hijos. Una chica y un chico.

¡Alí papá! Juana nunca había imaginado que su exótico amigo fuera padre. Claro que, ahora que lo miraba con más atención, se daba cuenta de que tendría más o menos los años de sus padres.

Lo que le pasaba a Juana nos ocurre un poco a todos: que vemos a nuestros padres y madres muy mayores, casi prehistóricos en comparación con otros de su edad. Pero en fin, esto ha sido siempre así, no tiene arreglo...

Alí comprendió enseguida el mensaje de la chica: o comía sobras o aprovechaba algún

despiste de Delfina para buscar el paquete de alimentos que Zampabollos, como todos los días, dejaría al pie del ciprés de la entrada. Delfina nunca iba a la playa porque no soportaba el sol ni entendía cómo podía disfrutar una tostándose en la arena.

—¡Alí papá! —murmuraba Juana mientras bajaba la escalera—. ¡Qué sorpresa se van a llevar los niños!

Esa noche Juana tuvo pesadillas; más de una vez se despertó empapada en sudor. Alguien, un ser de aspecto brutal, la perseguía por entre dunas de arena que dificultaban su marcha de una forma angustiosa. Siempre en el último momento conseguía zafarse del agresor, pero, cuando intentaba caminar, de nuevo algo que se le enredaba en sus pies le hacía caer: una túnica de algodón azul con manchas de sangre aún caliente...

Le costó despertarse, pero el desayuno y la excitación que le comunicaron sus amigos terminaron por entonarla y hacerle olvidar una noche tan inquietante.

Pero la tranquilidad de ánimo le duró poco. La angustia nocturna se le reprodujo al hun-

dir los pies en la ardiente arena de la playa. No se sentía bien y, mientras sus amigos y Fernanda gozaban del último baño de mar de la temporada, ella buscó la protección de la sombra junto a un bien aceitado Guzmán.

Presentía que algo malo iba a suceder y así ocurrió. A la hora de comer, el teléfono móvil de Guzmán dio señales de vida desde el fondo de la bolsa de deportes.

Guzmán estaba desencajado cuando desconectó el teléfono:

—Fernanda, volvamos a casa. Era la policía: unos ladrones han asaltado el pazo...

—¿Y el niño? ¿Y Delfina...? —preguntó su mujer con un hilo de voz.

—Está bien, con un ataque de nervios; pero no les ha pasado nada ni a ella ni a Iván.

—¿Y se han llevado algo?

—Por lo visto nada. Pero lo más extraño es que han encontrado a un hombre malherido en el salón.

Juana sintió que el corazón le daba un vuelco. Le salió una voz extrañamente ronca al preguntar:

—¿Y quién era ese hombre, Guzmán?

—La policía no lo sabe; no lleva ninguna documentación encima.

La chica sintió que iba a marearse y tuvo que buscar asiento para no caer redonda. Nunca había creído en los presentimientos, pero ahora, desgraciadamente, comprobaba que la realidad podía mostrarse con mayor crudeza todavía que las pesadillas de una noche agitada.

Fernanda le dio a oler un frasco de colonia y eso la animó. No recibió más cuidados porque había prisa por regresar. Recogieron en un momento todos los trastos y montaron en el coche.

Juana aprovechó el ruido del motor para poner a los hermanos al corriente de la tragedia.

—¡Pobre Alí Papá! —sollozó Tiberio. Nuestros amigos habían bautizado con ese nombre al tuareg en homenaje al cuento de *Alí Babá y los cuarenta ladrones*, que tanto les gustaba leer.

—Habrá que contárselo a los papás —cuchicheó Octavio.

—Yo también pienso lo mismo...

Pero ninguno de los tres se atrevió a romper el tenso silencio que reinó en el automóvil durante todo el viaje.

Llegaron a la casa, y Delfina les recibió en la puerta hecha un verdadero flan de nervios y con el bebé en brazos.

—¡Ay, señora! ¡Qué tragedia! ¡Y tenía que pasarme precisamente a mí...!

El jefe de la policía local saludó a Guzmán y les explicó lo que había ocurrido:

—Por lo visto, su empleada veía la televisión en su dormitorio después del almuerzo cuando apareció un sujeto que la amenazó con un cuchillo. Después de atarla y amordazarla, se dedicó a revolver la casa buscando dinero y joyas. La muchacha consiguió librarse de cuerdas y mordazas y comenzó a pedir socorro a voces. Luego asegura que oyó un ruido como de dos personas peleándose; cuando se hizo el silencio, saltó por la ventana y no paró de correr hasta que llegó al supermercado de la esquina, desde donde nos avisaron. Al penetrar nosotros en su vivienda, solamente encontramos a un hombre malherido en el salón; lo hemos trasladado al hos-

pital de El Ferrol, pues su estado es grave... Según su empleada, no le ha dado tiempo a llevarse nada; pero de todas formas conviene que echen ustedes una mirada...

Los chicos aprovecharon el tumulto existente en la casa para subir al desván y comprobar si Alí seguía allí; pero no, el tuareg ya no estaba.

Juana se sintió morir.

—Seguramente oyó a Delfina y, como sabía que estaba sola, bajó a defenderla. El ladrón lo vio y le acuchilló... Como aún no tenía la pierna curada...

—¡Pobre Alí Papá! Era tan bueno...

Tiberio no pudo aguantar más la tensión y soltó un par de lagrimones que terminaron salpicando el suelo.

—Habrá que enterarse de en qué hospital está para visitarle... —apuntó Octavio.

La casa fue adquiriendo el ritmo habitual, y nuestros amigos, sin posibilidad de hacer otra cosa, acabaron por jugar al ajedrez (Juana contra Tiberio) a la sombra de su pino favorito, mientras Octavio leía una novela.

Allí los encontró Teo, que hubo de sacarles de sus ocupaciones con un fuerte silbido.

—¡Eh, salid fuera un momento!

Así lo hicieron los tres. Juana, alterada aún por la carrera, mascullό:

—¡Lo que ha pasado, Zampabollos! ¡Lo que ha pasado...!

—Lo sé todo, tía. Se te olvida que Delfina vino a la tienda a pedir ayuda.

—Sí, pero ¿sabes que nuestro amigo el tuareg está malherido, el pobre?

—¡Qué malherido ni qué ocho cuartos! ¡El moro está vivito y coleando en mi casa!

—¡¡En tu casa!! —gritaron los tres a la vez totalmente sorprendidos por lo que acababan de oír.

—Sí, sí, claro. Qué pasa, ¿es que los pobres no podemos tener detalles? Mi padre le ha dicho que hasta que encuentre otro lugar puede quedarse a dormir en el sofá...

—Y entonces, ¿quién es el herido? —preguntó Tiberio.

—¿Pues quién va a ser, tonto? El ladrón. Alí me lo contó cuando vino a buscar ayuda. Bajó al oír los gritos de la muchacha y se encontró con un tío con una navaja más larga que un día sin pan. Pero ya sabéis cómo pelean estos moros. Alí recibió un zarpazo en el hombro, pero el otro casi no lo cuenta. —Levantó las cejas con admiración y añadió—: ¡Es mucho tío el moro ese, jo!

—Moro no, Teo, tuareg... —corrigió Octavio con paciencia.

—Para mí son todos moros. Bueno, me voy a casa, que estoy hecho polvo de tanto trajín.

—Dile a Alí que queremos verle.

—Se lo diré, tía, se lo diré. Mañana os contaré, adiós.

Cuando Zampabollos se marchó, los tres chicos volvieron al jardín fundidos en un estrecho abrazo.

Juana vio a Ciclón tumbado en la hierba, espatarrado, con cara de felicidad.

—Si yo fuera vosotros —les dijo la chica—, cambiaría este perro por una cabra. ¡Seguro que os defendería mejor!

7

VIAJE A PADORNELO

TEO, no se nos ocurre cómo ver a Alí sin que se enteren en casa. Si él pudiera acercarse…

Habían abordado a Zampabollos en su puntual entrada en la casa con la cesta al hombro. Querían contactar con Alí, volver a hacer corro a su lado y escuchar las hermosas historias que lentamente desgranaba con su voz ronca. Tendrían que mentir para salir de casa; por eso urgían a Teo a que lo trajera hasta allí.

—No, el moro no viene para acá ni atado; ya me lo ha dicho varias veces. Además, no lo olvidéis, está herido… Pero —y levantó la cabeza en actitud de sabio pensante— *me se* ocurre que…

—Cuenta, cuenta.

—Tengo un hermano que hace portes con

un motocarro. Hoy viene por Montefaro y no le costaría nada recogernos a la hora en que yo salgo y llevarnos a casa.

—¡Estupendo! Buscaremos una excusa para salir de aquí.

Pensaron en muchas hasta que Juana aportó una solución razonable: llamaría a su amiga Barbarita, compañera de colegio, y quedaría con ella para jugar en su casa, que era preciosa, al pie del faro. Una vez allí, le contarían cualquier historia y acudirían a la tienda a la hora convenida.

No hubo inconveniente por parte de Fernanda. Juana llamó a su amiga, que quedó encantada con la visita. Acompañados por la aún conmocionada Delfina, que de paso sacó a pasear a Iván, los chicos fueron a casa de Barbarita y se despidieron de la muchacha y del pequeñajo hasta el atardecer. ¡Al fin libres!

Juana resumió a su amiga las aventuras de los últimos días y la necesidad de tener en ella una tapadera para lo que se proponían hacer esa tarde. Pero Barbarita no se limitó a resolver la necesidad de una coartada para los tres visitantes, sino que no quiso perderse el conocer en persona a un auténtico tuareg y se apuntó al viaje en motocarro. Con gran alegría de Octavio, todo hay que decirlo, pues le pareció una chica preciosa.

Un bocinazo les avisó de que Teo había obtenido permiso para salir antes y que, por tanto, les esperaba en la calle.

—Me voy a la plaza con mis amigos —fue la simple despedida que dedicó Barbarita a una madre somnolienta que asomó la cabeza al oír la puerta de la calle.

Se acomodaron como pudieron en la parte posterior del vehículo. Delante, el hermano de Teo, extrañamente delgado para como se lo habían imaginado, arrancó con tal ímpetu, que hizo de todos los ocupantes un revoltijo de carcajadas.

Entre bromas, empujones y algún golpe que otro al tomar una curva cerrada, el motocarro dejó atrás el centro del pueblo y tomó la carretera de Padornelo.

El paseo era encantador, entre bosques cerrados y praderas que dejaban ver el mar al

fondo. Las parras estaban repletas de uvas doradas que ya parecían estar a punto para la vendimia.

Al coronar una cuesta, pudieron observar a su izquierda una antigua ermita muy blanca, bien arriba del monte; a su derecha, a lo lejos, les pareció ver algo como una tortuga gigante clavada en el mar.

—Es la isla de Trasalba —comentó Octavio—. Pertenece a mi familia. Podríamos visitarla algún día.

Juana pensó en lo injusta que es la vida. Unos tenían islas y palacios, y para otros el manejar un motocarro era su mayor lujo.

Por fin llegaron a Padornelo, un pueblo bastante más grande que Montefaro y que en algunos barrios parecía ya una pequeña ciudad.

—Juana, aquí es donde vive tu primo Valentín, ¿verdad?

—Ni me lo nombres, Barbarita.

Como algún día te explicaré, los dos primos no se llevaban demasiado bien.

Cruzaron el pueblo sin detenerse.

Poco a poco los edificios tomaron un aspecto más impersonal y descuidado; en las

aceras se amontonaba la suciedad, escaseaban los árboles, y los comercios exhibían ese aire triste del que solamente vende para subsistir.

Los chicos cesaron en sus risas atrapados por el cambio de atmósfera. Salvo Teo y su hermano, para los que aquella pobreza era parte de su propia existencia, los otros nunca pensaron que fuera así la cara oculta de ese pueblo por el que tantas veces habían pasado.

Por fin llegaron ante la vivienda de Teo, un cajón de ladrillo por cuyas ventanas asomaban ropas puestas a secar. No hubo necesidad de subir al piso, pues Alí, brazo vendado en cabestrillo, les esperaba en la puerta con una luminosa sonrisa asomándole por los labios.

Nuestros amigos y el africano se fundieron en un apretado abrazo. Luego Octavio presentó a la nueva en escena, a Barbarita, que miraba asombrada al tantas veces mencionado tuareg.

Teo intervino interrumpiendo las mil preguntas que formulaban Juana y los hermanos:

—Os invito a tomar un helado en aquella terraza... —Y ante la protesta de Octavio en el sentido de ser él quien pagara—: Ni hablar, éste es mi barrio y aquí mando yo.

Alí les contó los sucesos tal como los había vivido. Cómo oyó los gritos de Delfina, a la que sabía sola, y cómo se enfrentó al ladrón, que no quiso escuchar el consejo que le dio de que se marchara, sino que, por el contrario, quiso quitarle de en medio de un navajazo.

—Pero tuareg ser sabios con cuchillos; herir —se señaló el hombro—, pero no ser enemigo para Alí...

Juana se interesó por sus planes de futuro. El tuareg le hizo saber que permanecería en casa de Zampabollos hasta su total curación y que luego buscaría cualquier trabajo.

—¿Sin papeles?

—No, ya tener papeles; los del ladrón. Quitar documento de identidad. Él también tener pinta de moro...

Todos rieron lo que creían una gracia de Alí. Pero cuando les pasó el carné, tuvieron que reconocer que no era muy diferente del sujeto de la foto.

Juana tomó una servilleta de papel con manchas de helado y garrapateó el teléfono de casa de sus padres. Se la entregó al hombre al tiempo que le decía:

—Llámame cuando estés curado. Y tira a un buzón el carné de ese ladrón.

—¿Por qué...?

—Como me llamo Juana que te encuentro como sea un trabajo estupendo. ¿Verdad que sí, amigos?

8

CADAUNOENSUSITIO

LA vuelta a casa no fue fácil. La charla con Alí se alargó, salieron tarde y para colmo de males se pinchó una de las ruedas del motocarro.

Todos intentaron ayudar al hermano de Teo, que no cesaba de enganchar un juramento con otro.

—Nos la vamos a cargar —le avisó Octavio a su hermano mientras sujetaban la rueda de recambio.

Y vaya que se la cargaron. Cuando llegaron a casa de Barbarita, no era precisamente Delfina la que estaba esperando. Guzmán y Fernanda, con caras de pocos amigos, los recibieron en el salón de la casa junto a la madre de Barbarita.

Una vez en el coche, fue Guzmán el primero en iniciar la regañina.

—¡Que sea la última vez que os vais de un sitio sin que los mayores lo sepamos! ¡Sabéis que no soporto las mentiras! ¡Os habéis podido meter en un buen lío!

—¡Y se acabó lo de jugar con el chico de la tienda! —intervino Fernanda—. Estoy segura de que ha sido el culpable de todo... ¡Y quiero los cuadernos de vacaciones terminados dentro de dos días!

¡Dos días!

¡Qué injusta es la vida!, ¿verdad? Tú y yo sabemos que Teo no tiene culpa de nada, que desde el principio no ha hecho más que ayudar. Pero, en fin, a veces las cosas vienen torcidas y hay que saber aguantarlas con buen humor.

Juana pensó en salir en defensa de Teo, pero comprendió que no era el momento de hacerlo y se guardó sus palabras para mejor ocasión.

Dos días después, Juana encontró a Fernanda en el jardín, leyendo un libro bien gordo, y pensó que era la ocasión perfecta para poner en claro todo aquel asunto. Y así lo hizo: le contó toda la historia de Alí Papá, así como la ayuda que habían recibido de Teo.

Fernanda llamó a Guzmán para que escuchara aquellas extraordinarias aventuras que habían ocurrido no en un lejano y exótico país, sino ¡en su propia casa!

—Casi siempre los padres somos los últimos que nos enteramos de todo. ¿Por qué será? —se preguntó Fernanda sin esperar respuesta para tan complicada pregunta.

Guzmán, debido a su trabajo como alcalde, pertenece a ese tipo de gente que no rehúye los problemas, sino que se enfrenta a ellos para intentar resolverlos. Así es que miró a los ojos a su mujer y, tomados de la mano, se dirigieron al estudio donde Fernanda pintaba sus cuadros para poner en marcha la operación CADAUNOENSUSITIO, que consistía en:

1) Conseguir que Alí tuviera en regla los permisos de residencia y de trabajo.

2) Ayudar a que Teo, como menor de edad que era, dejara de trabajar y volviera a sus estudios.

3) Encontrar un trabajo para el padre de Teo.

Durante varias horas el teléfono de la casa no dejó de sonar y Fernanda y Guzmán no

pararon de entrar y salir con las manos repletas de papeles.

Al cabo de dos días se pudo dar por concluida la operación CADAUNOENSUSITIO con un éxito, si no completo, por lo menos muy estimable.

Teo, por lo pronto, volvería al cole gracias a una beca.

Alí, casi repuesto de las heridas de su pierna, estrenaba documentación en regla y, además, tenía trabajo legal.

¿No te imaginas cuál era? Pues muy fácil: Alí Papá es el nuevo «chico» de los recados del súper, puesto que había quedado vacante tras la marcha de Zampabollos.

En cuanto al padre de Teo, no hubo manera de encontrarle un trabajo que le gustara, que estuviese a «la altura de sus conocimientos y aptitudes». Y es que, como decía su hijo, el del motocarro: «Mi padre tiene un morro que se lo pisa».

Hablando de padres, lo primero que hizo Juana, una vez que Chus la recogió y llegaron a casa, fue meterse en su cuarto, buscar su cuaderno secreto y escribir:

Querido papuchi:

Cuando vengas me tienes que preguntar lo siguiente: ¿quién es Alí Papá?, ¿quién es Teo Zampabollos?, ¿qué es eso del perro-oveja?

Y entonces te contaré una historia que no te la vas a creer de emocionante que ha sido.

A mamá le prometí no meterme en líos, pero es que el lío se metió en mí. De todas maneras, esta vez Chus no se ha enfadado mucho. Solamente me dijo:

—Juana, hija, ¡eres una calamidad!

Hago fuerza con mi cerebro para que no te olvides de lo que te dije de las ballenas. Y de los delfines lo mismo. ¡Papi, por favor, conduce mirando bien!

Te quiere mucho,

JUANITA

I N D I C E